RAMÓN D. TARRUELLA
ILUSTRACIONES: MATÍAS LAPEGÜE

LA LLEGADA DE LOS ESPAÑOLES A AMÉRICA
CONTADA PARA NIÑOS
es editado por
EDICIONES LEA S.A.
Av. Dorrego 330 C1414CJQ
Ciudad de Buenos Aires, Argentina.
E–mail: info@edicioneslea.com
Web: www.edicioneslea.com

ISBN 978-987-718-514-0

Queda hecho el depósito que establece la Ley 11.723.

Primera edición. Impreso en Argentina.
Julio de 2017. Pausa Impresores.

Tarruella, Ramón
La llegada de los españoles a América : contada para niños / Ramón Tarruella ; ilustrado por Matías Lapegüe. - 1a ed . - Ciudad Autónoma de Buenos Aires : Ediciones Lea, 2017.
64 p. : il. ; 24 x 17 cm. - (La brújula y la veleta ; 24)

ISBN 978-987-718-514-0

1. América. 2. Historia de América. 3. Historia de América Siglo XIX. I. Lapegüe, Matías , ilus. II. Título.
CDD 980

Hubo un tiempo...

Hubo un tiempo en que muy poco se sabía del mundo. Era cuando se pensaba que en los mares y en los océanos había monstruos inmensos capaces de tragar un barco entero. Se pensaba también que la Tierra era plana y que al final de los mares había un precipicio donde los navegantes caían sin retorno. Se conocía poco del planeta y menos aún del universo.

Por un lado, estaban los marineros europeos, curiosos y aventureros que se arriesgaban a navegar largos trayectos para conocer tierras lejanas. Y por otro, los nativos de nuestro continente, con sus propias costumbres y sus propios valores. Sin embargo, hubo alguien llamado Cristóbal Colón, que se animó a unir el continente europeo y el americano en un viaje que sería inolvidable. En ese viaje no se encontró con monstruos enormes ni con serpientes gigantes. Al final de ese viaje se encontró, nada más ni nada menos, con un continente para ellos desconocido. Era el continente americano, cuando aún no se llamaba América.

De esas y otras aventuras hablaremos en las próximas páginas. Los viajes osados de Colón y su extraña tripulación, el recibimiento de los nativos en este continente y las respuestas de algunos reyes europeos. Una aventura que comenzó en el mes de agosto de 1492, con aquel comerciante genovés que se lanzó por los océanos del mundo, hasta arribar a un continente desconocido. El encuentro de dos culturas diferentes que cambió para siempre la historia de la humanidad.

Un mapa de tres continentes

Para comenzar con Colón y sus viajes, con los nativos y sus creencias, debemos elegir un punto de partida. Allí el primer problema, ¿por dónde comenzamos? Primero y principal, es necesario remontamos muchos años atrás, muchos siglos atrás. Y también es necesaria mucha imaginación para entender aquel mundo, aquellas formas de pensar y de actuar. Pero comencemos.

¿Y de qué época estamos hablando? Estamos hablando de alrededor del siglo XV, cuando Europa vivía bajo la Edad Media, gobernada por reyes y, buena parte de ese continente vivía bajo un absoluto dominio de los valores e ideas de la religión cristiana. Para esos años, se tenía una mirada errada del mundo que, según se creía en esa época, era mucho más chico. Para que tengan una idea, en uno de los primeros mapas que se hicieron, el planeta Tierra estaba conformado por tres continentes: Asia, África y Europa. De América, ni noticias.

Ese mapa había sido realizado por Claudio Ptolomeo, en el año 100 después de Cristo, en la antigua Grecia. A pesar de su antigüedad, era el que circulaba por la corte de los reyes y también entre los navegantes.

Sin embargo, muchos ya comenzaban a cuestionar ese tipo de conocimientos. Y uno de esos primeros cuestionamientos fue, justamente, la idea de que la Tierra fuera cuadrada. Claro, porque por esos años se pensaba que era plana. Incluso se creía que al llegar al final de ese mapa se encontraba el mismísimo infierno. ¡Creencias de la época!

Uno de los primeros que pensaba seriamente que la Tierra tenía una forma ovalada fue Cristóbal Colón. Y gracias a sus ideas, y a que algunos le creyeron, los españoles llegaron a nuestro continente. Y si bien eran españoles los reyes que le creyeron, Colón era genovés. Un comerciante genovés guiando a unos cien tripulantes dispuestos a un viaje con destino incierto. Así comienza esta historia.

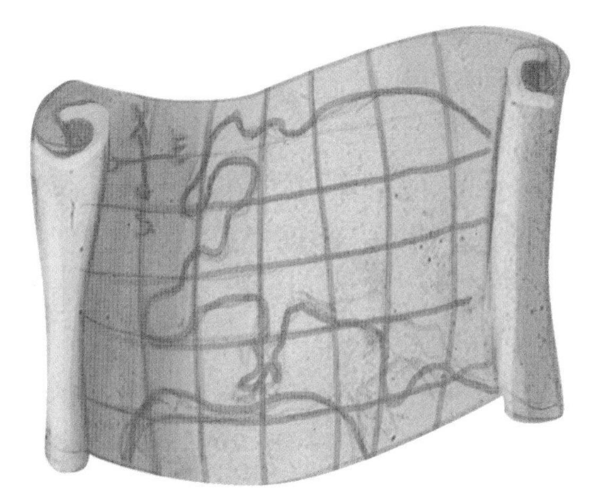

CAPÍTULO I

EN BUSCA DE LA RUTA PERDIDA

¿Cómo fue que Cristóbal Colón llegó al continente americano? ¿Cómo fue que un comerciante genovés termina trabajando para los reyes de España? Antes de comenzar con el famoso viaje, vamos a aclarar algunos detalles para responder a todas esas preguntas.

Hubo un momento en que Europa se abrió al mundo, un momento en el que quiso explorar nuevas tierras. En plena Edad Media, hacia el siglo XI y XII, desde el mar Mediterráneo y el mar Báltico unos valientes navegantes salieron al mundo. ¿Cuál era el motivo de esos viajes hacia regiones más alejadas? ¿Simple curiosidad? ¿Conocer nuevos lugares para irse de vacaciones? ¿O se trataba de conseguir nuevos productos para comerciar?

Claramente, el motivo era comercial. En Europa había crecido la población de manera sostenida y, por lo tanto, necesitaban más y nuevas mercaderías. Y fueron esos aventureros y viajantes los que se animaron a emprender largos viajes en barco, algo muy peligroso.

Por esos años, el comercio se daba entre el campo y las ciudades, y por cortas rutas de tierra. Y los principales productos eran alimenticios. Por ejemplo, los cereales, los derivados de lácteos, la sal y la cerveza. Segundos en importancia estaban las telas y sedas para vestidos y ropas lujosas. Se intuía que, en lugares más lejanos, podían encontrarse nuevos productos. Y para eso era necesario viajar. Llegaba el momento de atravesar los mares, de animarse a largas travesías en barco.

Y para eso, aparecieron los mercaderes.

De mercaderes y banqueros

Tanto Marco Polo como Cristóbal Colón fueron dos de los mercaderes más conocidos de la historia. Pero... ¿de dónde surgieron los mercaderes? ¿Qué trabajo cumplían?

En su mayoría, los mercaderes surgieron del ámbito rural, ellos fueron los que se animaron a trasladar productos del campo hacia regiones más lejanas, sobre todo a las ferias que se organizaban en las ciudades. Allí vendían productos que traían de una y otra región. Las ciudades comenzaron a crecer debido a ese flujo comercial. Y los mercaderes, a enriquecerse.

Los años pasaron y así, hacia el siglo XII, hubo ciudades que lograron un notable crecimiento. Se volvieron centros que concentraban una gran cantidad de personas de diferentes lugares, con diversos y variados productos. Y esos productos se canjeaban por otros o bien eran comprados con monedas de plata y, a partir del siglo XIII, con monedas de oro.

Esos hombres, cargando sus barcos con productos traídos de lugares tan remotos como India y China, permitieron el crecimiento del comercio. Los mercaderes vendían en las ferias, tanto alimentos imprescindibles para la comida diaria como también productos lujosos. Los miembros de la nobleza europea comenzaron a encargarles objetos especiales, para los caprichos de los hombres y mujeres más ricos de esas regiones.

Y luego del mercader, al tiempo apareció el banquero. ¿Qué hacía un banquero en el siglo XIII? Tanto era el dinero que los mercaderes recaudaban que en un momento dado, comenzaron a necesitar un lugar donde guardar las monedas de oro y plata. El banquero, entonces, guardaba parte del dinero recaudado. Por supuesto que no tenían una sede con inmensos carteles ni publicidad en las calles. Eran tiendas, con bancos de madera, donde dejaban las monedas. De allí salió el nombre de banquero, por esos bancos donde conservaban el dinero en metálico.

Con el tiempo, esos banqueros comenzaron a especular, a dar préstamos, y a cobrar intereses y, por supuesto, a aumentar sus ganancias. El crecimiento comercial generaba ganancias cada vez más altas. Claro que desde esos primeros banqueros hasta las firmas multinacionales que hoy invaden el mundo pasó mucho pero mucho tiempo. Pero no es motivo de estas páginas. Mejor... sigamos indagando cómo llegaron los españoles a América.

Italia, el lugar prometido

¿Por qué los dos mercaderes más famosos, de los que más hablaron los libros son Marco Polo y Cristóbal Colón? ¿Por qué Marco Polo era veneciano y Colón genovés, dos puertos que pertenecen a la península de Italia? Más incógnitas a resolver.

¿Y por qué Italia fue el lugar elegido? Por un lado, porque estaba en un lugar clave dentro del mapa europeo. Es una península que se alarga hacia el mar Mediterráneo como un lagarto flaco, siendo un lugar de acceso hacia diferentes regiones. Sobre todo, hacia las costas de Asia. Hacia esa región que se conocía como Oriente.

Y, cuando hablamos de Oriente, estamos hablando de India, China, Japón e Indochina. De esas regiones se traían muchos objetos preciosos, como sedas finas, perlas y porcelanas para los lujos y los caprichos de la nobleza.

Pero lo más preciado, lo que más se buscaba eran especias, como por ejemplo pimienta, canela, jengibre, alcanfor y nuez moscada. En esa época, esas especias resultaban fundamentales para conservar las carnes. Recordemos que no existía la heladera y mucho menos el freezer, y esos condimentos permitían que algunos alimentos no se echaran a perder. Además, las especias se utilizaban para uso medicinal.

Dijimos que Italia fue una de las regiones más beneficiadas por ese flujo comercial, especialmente algunas ciudades como Venecia, Génova y Pisa. Se trataba de ciudades-puerto, donde desembarcaban los mercaderes con sus nuevos productos para vender y comprar.

Fue tal el flujo comercial, que esas ciudades-puertos se volvieron una especie de escuela para los mercaderes. De Venecia salió Marco Polo, tal vez el mercader más famoso. Y de Génova, Cristóbal Colón. Y de Génova, fue a España, y de España a América. Un hombre inquieto y valiente se necesitó para tales travesías. Ese fue Colón.

Tras los pasos de Marco Polo

Desde sus primeros viajes, Colón llevaba entre sus pertenencias un libro muy particular. Ese libro se llamaba *Los viajes de Marco Polo*, infaltable en cada uno de sus navegaciones. Veamos un poco quién era ese tal Marco Polo, maestro y guía de Colón.

Marco Polo se había convertido en un gran conocedor de las regiones de China y Mongolia, ambas en el continente asiático. Y fueron tan frecuentes sus viajes que, según dicen los testimonios de la época, pasó un tiempo como funcionario del Imperio mongol. Eso fue hacia fines del siglo XIII. Los mongoles construyeron, por esos años, unos de los Imperios más grandes de la historia del mundo, dominando casi todo el continente asiático.

Según esos testimonios, Marco Polo permaneció casi veinte años en el Imperio mongol hasta que un buen día decidió volver a Venecia, su ciudad natal. Fue en el año 1295. En su regreso, llevó, entre otras tantas cosas, dos novedades para Europa: las pastas y los helados, productos que se convertirían en emblemas de la gastronomía italiana.

El comerciante pasó unos años en la cárcel, donde escribió su famoso libro *Los viajes de Marco Polo*. Allí contó con detalles precisos su experiencia en China y en el Imperio mongol. Se trató de uno de los primeros libros donde se describieron aspectos trascendentales de la cultura oriental, sirviendo de guía y ejemplo para otros tantos viajeros. Entre ellos, al propio Colón. Se cuenta que el genovés conservaba el libro con anotaciones que él mismo hizo al margen, debido a sus repetidas lecturas.

El viaje de Colón a América respondió a una necesidad comercial, la de hallar una ruta comercial a Oriente. Y para lograr ese objetivo, imitó el espíritu aventurero de otros tantos viajeros. El espíritu de esos famosos mercaderes que se animaron, por primera vez, a atravesar largas travesías por los océanos.

Algo sucede en el camino

La ruta entre Oriente y los puertos de Europa, con los siglos, creció tanto que se volvió una de las más transitadas. Los barcos salían de los puertos de Francia, Italia, Portugal y España. Es decir, de los países cuyas costas daban al mar Mediterráneo. Esa ruta creció y creció hasta que el Imperio otomano, a mediados del siglo XV, interrumpió la comunicación. Y todo se complicó.

¿Qué era el Imperio otomano? Primero fue un Estado que surgió en el centro de Asia, en lo que actualmente es Turkestán, para luego expandirse hacia otras partes de ese continente. Y así se convirtieron en Imperio. Lograron no ser sometidos por los mongoles durante una invasión, y así pudieron seguir expandiendo sus dominios. En mayo de 1453 provocaron la caída definitiva del Imperio romano en Oriente y llegaron hasta el Mediterráneo. Y hasta Italia.

De esa manera, bloquearon el tránsito de Europa a las costas de Asia. Ni los mercaderes ni las coronas europeas podían permitirse perder ese comercio.

Una vez que se cerró la ruta con Oriente, los hombres vinculados al comercio buscaron, casi con desesperación, encontrar una ruta alternativa a las cosas asiáticas. Día y noche, cada comerciante trazaba posibles líneas de navegación para llegar a Asia. Sería Colón el que tendría la solución.

Enrique, el navegante

Desde que se había cerrado la ruta a las Indias, la obsesión de Portugal fue volver a merodear las costas de Asia. Los portugueses fueron los primeros en trazar rutas imaginarias hacia esa región. Esas rutas imaginarias tenían en cuenta la posibilidad de que la Tierra fuera redonda. Al menos lo aceptaban como una posibilidad.

¿Y por qué Portugal se animaba a tamaña osadía? Porque ellos tenían, desde tiempo atrás, un gran conocimiento de mares y largas navegaciones. Y, ese conocimiento, en gran parte, se lo debían a Enrique, el navegante.

El muchacho Enrique tenía todo a su alcance. Era hijo del rey Juan I, el primero de la dinastía de los Avís, y de Felipa de

Lancaster, perteneciente a la familia de los reyes ingleses. Y a pesar de esto, abandonó la vida cómoda de su familia y se lanzó a conquistar los mares. Para esa época, navegar por aguas desconocidas era todo un riesgo.

En 1414, con apenas veinte años, le propuso a su padre conquistar la ciudad de Ceuta para beneficio del comercio portugués. El padre, el rey Juan I, dudó unos instantes pero aceptó el desafío. Un año después el joven Enrique logró su objetivo.

Ceuta, que hoy en día es parte de España, queda en la punta del extremo de África, parece una uña que se desprende de ese continente y pretende unirse con ese país. Es un lugar estratégico para dominar el tránsito comercial por el mar Mediterráneo. Ese desafío fue el inicio de una cantidad de conquistas y adelantos que Enrique el navegante logró para Portugal.

Su obsesión fue el continente africano, y hacia allí se dirigió, aplicando sus conocimientos. En poco tiempo, conquistó el archipiélago de Cabo Verde y buena parte de la costa africana, logrando extraer riquezas de todo tipo. Algo muy parecido a lo que harían los españoles en América, y los mismos portugueses en Brasil. Y los ingleses en Asia y también en África, y años después los franceses también en Asia y África... y así siguieron las conquistas.

Colón, el aprendiz

¿Y por qué ahora estamos hablando de Enrique el navegante? Muy simple, sus investigaciones no sólo sirvieron para Portugal, sino para todos los navegantes futuros. Entre ellos, los mismos españoles que llegaron a América. Fue tal su inquietud por los mares que inauguró los estudios de astronomía en la Universidad de Coímbra, una de las instituciones educativas más antiguas de

Europa, actualmente en territorio de Portugal. La iniciativa de Enrique permitió conocer mejor los mares y, así, poder lanzarse a navegar con mayores certezas para llegar a lugares más lejanos.

No hay dudas de que Portugal, por esos años, aventajaba a España. Fue tal la capacidad aventurera de los portugueses que en 1488, Bartolomé Díaz llegó hasta el extremo más extremo de África, lo que actualmente se conoce como Cabo de Buena Esperanza. Años después, Vasco de Gama fue más allá de ese cabo y descubrió la ruta directa para las Indias. Y al fin, en mayo de 1498, años después de que Colón llegara a nuestro continente, Vasco da Gama y su tripulación lograron su objetivo. Pero volvamos al mercader genovés y su famoso viaje.

Colón supo de todos los adelantos de los navegantes portugueses, aprendió nuevas formas de navegar y las aplicó. Le faltaba el apoyo financiero hasta que aparecieron los reyes españoles, y entonces sí, pudo concretar su proyecto. Portugal, mientras tanto, continuaba cerrando negocios comerciales en África. Negocios que continuaron durante siglos y siglos.

Los españoles, justamente, llegaron a América gracias a la osadía de Colón, pero también gracias a los descubrimientos de Enrique el Navegante. Sin dudas, un adelantado a su época.

CAPÍTULO II

Y LA TIERRA ERA REDONDA

Antes de subirnos a una de las tres carabelas rumbo a América, vamos a conocer un poco la historia de Colón.

Hacia el siglo XV, Génova era una república independiente, es decir, un Estado separado de la actual Italia. Allí nació Colón, en 1451. hijo de Susana Fontanarrosa y de don Doménico Colombo, maestro tejedor y comerciante. Sobre sus orígenes hubo muchas versiones. Nosotros nos quedamos con la más difundida, la que dice que nació en el pueblo genovés de Savona. El resto, se seguirá discutiendo.

¿Y cuándo comienza su vocación de marinero? Justamente surgió casi al mismo momento que la de comerciante. Luego de algunos viajes por las costas del mar Egeo, cerquita de su Génova natal, tuvo una experiencia que le enseñaría las dificultades de su profesión y de otras tantas cosas más. Y todo por un corsario ambicioso. En un viaje hacia Inglaterra, en medio de la travesía, su barco quedó varado por una batalla entre marineros genoveses y el corsario Casenove. Para salvar su vida, Colón tuvo que aplicar sus dotes de nadador, así llegó hasta las costas portuguesas de Algarve.

Luego del largo recorrido a nado, se dirigió a Lisboa, donde permaneció varios años. Según los documentos de la época, allí participó en muchos viajes a diferentes puntos comerciales. Así conoció Inglaterra, Irlanda, como también las costas occidentales de África, todas posesiones de Portugal.

Durante esos viajes, comenzó a pensar en la posibilidad de nuevas rutas hacia lugares remotos. Se volvió un estudioso de los mares y de la cosmografía, una ciencia que utilizaban los marineros como guía durante sus largas travesías.

Pero una mujer cambiaría el rumbo de Colón. Una mujer llamada Felipa Moniz será quien le abrirá las puertas a los reyes de Portugal, además de otras cuestiones.

La mujer del monasterio

Felipa Moniz formaba parte de una familia acomodada de Lisboa, con varios títulos de nobleza en su haber. Vivió durante años en el monasterio de Todos los Santos Viejos, hasta que el amor la sacó de ese lugar. En 1479, con 24 años, se casó con Cristóbal Colón.

Antes habíamos dicho que fue ella quien le permitió acceder a los reyes de Portugal. ¿Y para qué el joven Colón quería verse con los reyes? Repasemos algunos detalles para entender mejor las intenciones del genovés.

Los comerciantes europeos, recordemos, necesitaban retomar la ruta a los puertos de Asia, casi con desesperación, porque el Imperio otomano había cortado el acceso por el mar Mediterráneo. Y Colón, justamente, tenía un proyecto para llegar a lo que ellos llamaban Oriente.

El sobrino de Felipa Moniz era mayordomo de Juan II, el rey de Portugal. Así fue que, alrededor del año 1484, Colón ingresó, seguro y victorioso, a la corte. En el encuentro con el monarca, pidió dinero para financiar el viaje a las Indias por una ruta nueva. La idea era navegar por el océano Atlántico, dar vuelta al mundo y arribar a las costas tan preciadas.

Había un detalle fundamental para aceptar esa propuesta. Colón concebía que la tierra era redonda, por lo que se podía llegar a las Indias haciendo una vuelta, tomando primero por el océano Atlántico. Pero los reyes de Portugal, como tantos otros en esa época, no creían que eso fuera posible y rechazaron el proyecto. Pensaban que la tierra era plana... ¿Cómo iban a financiar el viaje de unos barcos que, al dar vuelta por el mar, caerían al vacío? Era una idea imposible de aceptar.

A ese encuentro decepcionante, se le sumó otra pésima noticia. En 1485 murió su esposa, Felipa Moniz, de causas que hasta ahora se desconocen. Colón no tenía mucho más que hacer en Portugal. Y así, en breve se dirigió a España.

Sevilla era el camino

Una vez instalado en España, se puso en campaña para entrevistarse con los reyes de Castilla, que en ese momento estaban asentados en la región de Córdoba. A días de iniciarse el año 1486, fue recibido por la reina Isabel. Y otra vez, Colón expuso su idea de que la tierra era redonda y que había una forma de llegar a las Indias, evitando, obviamente, el mar Mediterráneo.

Y otra vez, el pobre Colón se fue con las manos vacías. Pero... pero en este caso, los reyes españoles, si bien no le dijeron que sí al proyecto, no descartaron del todo la posibilidad del viaje. Aún había una luz de esperanza.

Mientras esperaba que esa luz de esperanza iluminara su proyecto, conoció a Beatriz Enriquez de Arana, con quien tuvo un hijo, Fernando Colón. Si bien nunca se casó, vivió junto a ella todo el tiempo que permaneció en España. Beatriz de Arana, a diferencia de Felipa Moniz, su anterior esposa, era de familia humilde y trabajaba de tejedora.

Mientras, Colón siguió deambulando por diferentes recintos de la nobleza española, exponiendo primero su idea de que la tierra era redonda para luego pedir el dinero necesario para su viaje. El resultado siempre era el mismo. Sin embargo, llegaría en breve un nuevo llamado de la reina Isabel. Y sería en abril de 1492, luego de que los españoles expulsaran definitivamente a los moros de España.

¿Y quiénes eran esos moros? Los moros, todos ellos pertenecientes a la cultura musulmana, habían invadido buena parte del sur de España. Por eso, desde el siglo XII se había iniciado una campaña para expulsarlos. Esa campaña duró mucho tiempo y finalmente, la reconquista lo logró a inicios de 1492.

Ahora que la corona española había terminado la guerra contra los moros, se disponía a prestar mayor atención al proyecto de Colón. Fue cuando la reina Isabel convocó a Colón a Granada, la última ciudad que habían ocupado los musulmanes.

En esta ocasión, Colón contaba con el apoyo de un escribano que trabajaba para el rey Fernando, que estaba dispuesto a ayudarlo a financiar su viaje. Un tal Luis de Santángel. Parece que ya varios comenzaban a creer que la tierra era redonda.

Almirante, virrey y gobernador

Y tanto insistió Cristóbal Colón, y tanto pregonó que se podía llegar a las Indias por una ruta alternativa, y tanto deambuló de un lugar a otro, que finalmente, aceptaron su proyecto.

En la nueva reunión, el genovés tenía todas las de ganar. Comenzaban a creer que la tierra realmente era redonda y, por lo tanto, la ruta propuesta era posible. Es decir, llegar a las Indias tomando por Occidente. Cada vez faltaba menos para emprender el viaje.

Pero, antes de organizarlo, ambas partes se dispusieron a sellar un acuerdo, sin dudas de lo más beneficioso para Colón. En ese pacto, los reyes le concedían el título de Almirante, Virrey y Gobernador General de las tierras que descubriera. Es decir, sería la máxima autoridad de cada porción de tierra que hallara en su viaje.

No era poca cosa. Pero había todavía algo más beneficioso para Colón. El futuro Almirante, Virrey y Gobernador General, se quedaría con el diez por ciento de las riquezas que se encontraran en las nuevas tierras. Ese pacto fue conocido como "Las Capitulaciones de Santa Fe", y llevaba la firma de Colón y de los Reyes Católicos.

Ahora sí, estaba todo listo para el viaje. Aunque faltaba un detalle, un detalle fundamental: las embarcaciones. ¿En qué barcos se haría el viaje? ¿Quiénes serían sus tripulantes?

Eso fue lo que debía definir Colón en los próximos días. Y para eso, se dirigió al Puerto de Palos, dentro de la actual región de Andalucía, al sur de España.

Las tres carabelas

En esos años, se creía que en medio de los mares había monstruos como dragones y serpientes de gran tamaño. También se creía que podían encontrarse sirenas, algo menos peligrosos que esos otros monstruos. Todas creencias propias de un cuento fantástico o de una película de terror. Esos relatos generaban tanto miedo que muy pocos se animaban a realizar grandes travesías en barco. Y eso sería una traba para encontrar voluntarios que acompañaran a Colón.

Por suerte, el flamante almirante tuvo un ayudante fundamental al llegar a Puerto de Palos. Se llamaba Martín Alonso Pinzón, un explorador español que vivía hacía mucho tiempo en esa ciudad y que lo ayudó a reclutar a los hombres necesarios para la expedición. Los reyes españoles,

por su parte, le cedieron tres carabelas, ideales para la travesía que debía emprender. Y ya tenían nombre: la Niña, la Pinta y la Santa María.

El capitán de la Pinta sería el mismo Martín Pinzón, y su hermano Vicente Yáñez, el de la Niña. La Santa María, sería capitaneada por el propio Colón.

¿Y de dónde surgieron los hombres que formaron parte la tripulación? Se calcula que fueron noventa los tripulantes, todos hombres y de diferentes sectores sociales. Y, según dijeron los documentos de la época, tan sólo veintidós eran navegantes, que realmente sabían de barcos, mares y océanos. También reclutaron a dieciséis grumetes, es decir, aprendices de marineros. Los tripulantes incluían algunos pocos sastres, labradores y pequeños empleados de Puerto de Palos.

¿Y el resto? Sigue siendo una polémica de dónde eran los restantes tripulantes. En su gran mayoría, los sacaron de las cárceles. Se trataba de criminales, ladrones a los que se les perdonaría la condena a cambio de embarcarse en las tres carabelas. Colón se lanzaba a la aventura con una compañía muy particular.

Y así, finalmente, el 3 de agosto de 1492, a las ocho de la mañana, zarparon las tres carabelas rumbo a las Indias (supuestamente rumbo a las Indias). Ni los tripulantes, ni los reyes católicos que aceptaron el proyecto de Colón, ni los habitantes de Puerto de Palos, imaginaron la importancia de ese viaje. Menos aún imaginaron que se toparían con una masa de tierra inmensa, extensísima, y que se trataba de un continente nuevo. El que luego llevaría el nombre de América.

CAPÍTULO III

DIARIO DEL VIAJE

Y así se partió en una de las travesías por mar más importantes de la historia. Ese 3 de agosto de 1492, Colón continuaba creyendo que se dirigía, con paso seguro, a las Indias, el destino que ansiaban buena parte de los comerciantes europeos. Semanas después del inicio del viaje, el miércoles 19 de septiembre de 1492, escribió: "La voluntad era de seguir adelante hasta las Indias, y el tiempo es bueno, porque placiendo a Dios a la vuelta todo se vería".

¿Y dónde escribió estas líneas? Desde que zarparon de Puerto de Palos, Colón comenzó a escribir un diario sobre la travesía a las Indias. Si bien algunos historiadores dudan de su existencia, el diario del almirante fue utilizado como un texto histórico de consulta, como lo había sido *Los viajes de Marco Polo*.

Era muy común escribir diarios personales en esos años en que no existía el periodismo ni tampoco se publicaban libros como

ahora. Los que se disponían a escribir esos diarios, en su mayoría, eran personas que atravesaron experiencias importantes, como viajes a lugares insólitos o remotos, o bien los que formaban parte de una campaña militar. Y Cristóbal Colón, desde el primer momento, creyó que formaba parte de un viaje histórico, que cambiaría la forma de llegar a las Indias y a sus alrededores.

La tripulación se amotina

La tripulación de las tres carabelas había salido con el temor de encontrarse con temibles monstruos que, supuestamente, acechaban los mares profundos. Pero el único problema que tuvieron, a cinco días de zarpar, fue con la carabela La Pinta. Por eso debieron anclar en las Islas Canarias, para reparar el timón y de paso, cambiarle las velas. Así fue que La Pinta se volvió la carabela más rápida de las tres.

En el primer tramo del viaje la mar se mostraba "serena", como dice la canción, y todo marchaba tal cual lo había pensado Colón. Viento a favor y rumbo parejo. El conocimiento sobre navegación, que había acumulado durante esos años, de algo le había servido.

Había pasado más de un mes del inicio del viaje, cuando escribió, el viernes 21 de septiembre: "Vieron una ballena, que es señal que estaban cerca de tierra, porque siempre andan cerca". Pero esa opinión fue apenas una muestra de deseo, ya que los días continuaron pasando y no asomaba ni una sola porción de tierra.

Y eso, justamente, inquietó a la tripulación. La noche del 6 de octubre, parte de la de la Santa María se rebeló para cambiar el rumbo del barco. Era el primer motín que debía enfrentar el viaje. Con la ayuda de los hermanos Pinzón, Colón logró sofocar la protesta y todo siguió en marcha.

Pero el descontento no terminó en la Santa María. En los otros dos barcos, la tripulación también se mostró disgustada. Posibles nuevos motines ponían en riesgo el objetivo de Colón. Por eso, los capitanes de las carabelas se comprometieron a que, si en los siguientes tres días no llegaban a tierra, retornarían a España.

Tan solo tres días y el proyecto podía quedar en el olvido. Pero antes de esos tres días, una franja de tierra se vio a lo lejos. Fue la madrugada del 12 de octubre de 1492.

Y Triana gritó ¡tierra!

Eran las dos de la madrugada del viernes 12 de octubre de 1492. Rodrigo de Triana seguía en su puesto de vigilia hasta que en un momento vio una franja de tierra que asomaba a lo lejos. Eran las dos de la madrugada y toda la tripulación de la carabela La Pinta, escuchó el grito de "Tierra, tierra".

Habían llegado... habían llegado a... ¿adónde habían llegado? Para Colón y su tripulación arribaban a las Indias Occidentales. Y con esa idea pasaron el resto de sus vidas, sin saber que habían llegado a un continente que ellos no conocían y que luego se llamaría América.

Rodrigo de Triana se había ganado un lugar en la historia y también, supuestamente, unos diez mil maravedís, que era la moneda que se utilizaba en esos años. Los reyes españoles habían prometido esa recompensa a quien viera tierra por primera vez.

Muy pocos saben dónde nació Rodrigo de Triana. Dicen algunos que fue en Lepe, en el pueblo español de Huelva. Otros dicen que nació en Sevilla. Pero sí se sabe que el joven Rodrigo tuvo la suerte histórica de ser el primero en divisar el nuevo continente.

Luego de ese momento histórico, no se supo mucho más de él. Parece, según dicen algunos prolijos historiadores, que nunca recibió la recompensa prometida por los reyes de España y, disgustado y ofendido, se fue a vivir a algún lugar de África. Así que no se supo ni cuándo ni dónde murió aquel hombre que despertó a toda una tripulación al grito de “Tierra, tierra”.

CAPÍTULO IV

A LO LARGO Y ANCHO DEL CONTINENTE

Hemos hablado mucho de y sobre Europa. De su comercio y sus mercaderes, de los reyes y sus ambiciones, de los otomanos y su Imperio, de Marco Polo y Cristóbal Colón, de si la tierra era redonda o no. ¿Y qué sucedía aquí en estas tierras, en nuestro continente? ¿Quiénes las habitaban? ¿Estaban habitadas?

Eso veremos en este capítulo: la vida de los pobladores de América, cuando aún no se llamaba América.

Otras voces, otros ámbitos

Estas tierras, a las que llegaron los españoles comandados por Colón, ya estaban habitadas muchos siglos atrás por millones de nativos, dispersos por todo el continente y muy diferentes entre sí. Se trataba de hombres y mujeres con diferentes culturas, otras creencias y dioses, otras comidas y vestimentas.

Esos nativos poco tenían que ver con las descripciones de las narraciones de la época. Según éstas, los habitantes de estas tierras debían tener tres ojos, cabezas inmensas y cuerpos gigantes. ¡Todos disparates! Si aún se creía que en los mares había monstruos y serpientes del tamaño de un barco, no era tan raro que se imaginaran tales cosas.

Una vez en tierra, Colón en su diario escribió que aquí "habría hombres de un solo ojo y otros con hocicos de perros que comían a los hombres, y que si tomaban a uno lo degollaban y le bebían la sangre". Eso creía el genovés que vería en estas tierras. Sin embargo, con nada de eso se encontró.

Continuó recorriendo el continente y sólo vio a hombres y mujeres parecidos a los europeos. Distintos, eso sí, con otras formas de hablar y con otras costumbres. Pero nada que ver con esos relatos fantásticos de seres más parecidos a los libros de ciencia ficción que a la misma realidad.

Aquí, los incas

En el vasto continente, hubo y hay una inmensa variedad de climas, de tierras, como también de culturas. En el tiempo en que llegó Colón con sus tres carabelas, había tribus pequeñas deambulando de un lugar a otro, buscando alimentos para subsistir. Esas tribus eran nómades, es decir, vivían sin asentarse en un lugar fijo.

Pero también hubo grupos que se habían radicado en un territorio, adaptándose a la geografía y a las características de ese lugar. Eran los llamados sedentarios, y podían ser grupos chicos como también muy numerosos.

Y muchos de esos grupos, numerosos y sedentarios, formaron Imperios, dominando territorios extensos durante siglos. En el continente americano, hubo dos grandes Imperios que se destacaron: el inca y el azteca. Pero sin dudas, el más importante, fue el Imperio inca.

Si tomamos un mapa de América, prestemos atención al océano Pacífico. El Imperio inca se extendió desde el sur de Colombia, en la parte extrema de Sudamérica, pasando por una parte de la selva amazónica y llegando al centro oeste de Argentina. El Imperio pareció recorrer el Pacífico, como buscando refrescarse en las aguas frías de ese océano.

En el momento de su mayor apogeo, dominó seis países de la actual América. De norte a sur: Colombia, Ecuador, Perú, Bolivia y parte de Chile y Argentina. Una extensión comparable a los Imperios más poderosos de la historia. Por ejemplo, comparable con el Imperio romano.

¿Cómo hacían para controlar tamaño Imperio? ¿Cómo sabían lo que estaba ocurriendo en un extremo y otro? ¿De qué manera se comunicaban? No resultaba fácil, claro, pero sin dudas lo resolvieron.

Los mensajeros del jefe inca

Había una figura que concentraba el poder dentro del Imperio: el jefe Inca, una suerte de emperador o de monarca, su máxima autoridad. Vivía en Cusco, actual provincia de Perú. Desde Cusco, que estaba justo en el centro del Imperio, las autoridades supieron dominar todo su territorio.

Y desde Cusco, comenzaron a expandirse hacia el norte y hacia el sur, convirtiéndose en el Imperio más grande de la historia del continente. Y se expandieron como una mancha de aceite derramada sobre una mesa, hace mucho tiempo atrás, se calcula que fue desde el siglo XII, mucho ante de que llegaran los españoles.

Todo comenzó conquistando grupos nativos cercanos, para saquearles sus pertenencias y luego someterlos. De esa manera se expandieron, de la misma manera que lo hicieron otros Imperios. Y siempre con la misma característica: conquistando pueblos para luego tenerlos bajo su dominio.

Y hubo un responsable de esas primeras conquistas, el inca Manco Capac, el fundador de la cultura inca. Según cuentan los relatos de la época, todos los jefes incas que llegaron después, descendieron de Manco Capac. Un rito o creencia que, de alguna manera, fue un homenaje o indica un gran respeto a ese primer jefe máximo.

El jefe inca estaba acompañado por otros funcionarios fieles, siempre subordinados a su autoridad, que supieron acatar cada una de sus órdenes. En las comunidades, muchas de ellas alejadas del centro de Cusco, había un cacique que llevaba el nombre de curaca. Entre medio del curaca y el jefe Inca, había otras tantas autoridades que permitían mantener el control de un Imperio muy grande.

¿Y cómo se comunicaban las noticias? Este fue otro de los grandes avances de los incas. Se organizó una suerte de correo humano, por medio de jóvenes corredores que esperaban en puntos determinados del Imperio. Esos corredores se llamaban chasquis. Entonces, un chasqui salía de Cusco con la noticia o la orden del Inca a toda velocidad, para encontrarse con otro chasqui. Y ese chasqui salía corriendo de inmediato en busca de la otra posta, donde lo esperaba otro corredor.

De esa forma, las noticias circulaban velozmente, lo que permitía que las órdenes del Inca no demoraran en comunicarse dentro del Imperio. Algo que también permitió mantener el control.

La montaña vieja

Los incas tenían una sabiduría que ni los españoles ni el resto del continente europeo imaginaban. Colón y los españoles habían estudiado los mares y las distancias, los vientos y los posibles rumbos, pero jamás pensaron que en este continente, que siempre creyeron se trataba de las Indias, había una civilización con imponentes conocimientos.

Los incas sabían y conocían la geografía, las matemáticas, la agricultura y hasta la astronomía. Desarrollaron un lenguaje propio, el quechua, que actualmente se sigue hablando en varios países como Perú, Bolivia y el norte argentino. Esa era la lengua oficial del Imperio inca. Por ese nivel de desarrollo se la llamó "civilización inca".

Si hablamos de agricultura, por ejemplo, supieron superar las dificultades que tenían para cultivar, ya que en algunas regiones no contaban con las mejores tierras. Aprovecharon las laderas de las montañas para los cultivos, aplicando un conocimiento supremo. Para que se den una idea, tenían doscientas variedades de papa, además de cosechar otra gran cantidad de vegetales. Si de algo no se iban a morir era de hambre.

También supieron aprovechar su geografía y territorio para otro tipo de obras. Al sur de Perú, sobre la zona de la cordillera, los incas construyeron un centro ceremonial, que llamaron Machu Picchu, que en quechua significa "montaña vieja". Una monumental obra de ingeniería, casi única en el mundo, que se terminó de construir a fines del siglo XV. El Machu Picchu sirvió de refugio para el descanso del jefe inca y de su entorno, una obra monumental admirada por todo el mundo.

La madre naturaleza

El Imperio inca, como estamos viendo, no era sólo conquistas y extensión territorial. También fue desarrollo cultural. Supieron curar enfermedades con su propia medicina, hasta hacían cirugías

sin necesidad de tecnología. Todas sus medicinas eran elaboradas con productos vegetales. Es decir, sabían aprovechar al máximo la naturaleza, sin necesidad de mezclas químicas peligrosas y costosas. ¡Eran sabios de la medicina!

También se destacaron en las matemáticas, ya que elaboraron su propio sistema decimal. Lo mismo con la astronomía, diseñando un calendario propio, que les servía de guía en el tiempo transcurrido.

Todo su conocimiento lo desarrollaron experimentando con la naturaleza y observándola. Los incas no necesitaron concurrir a las universidades de Italia ni de Francia, ni viajar por el mundo para llegar a tal grado de conocimiento. De la relación diaria con su entorno, la madre naturaleza, sacaron toda su sabiduría.

Y por eso, su religión era politeísta, es decir, creían en muchos dioses. Y esos dioses provenían de los fenómenos naturales. Su dios máximo, a quién mayormente adoraban, era el dios sol, llamado Inti. Y también adoraban a la luna (mama Killa), a la madre tierra (Pachamama), y a otros fenómenos naturales. La visión que tenían era muy diferente a la del mundo occidental y cristiano de los españoles. Ni mejor ni peor, simplemente diferente.

Una auténtica civilización, única en el planea Tierra. Pero también otros pueblos nativos lograron un alto nivel de desarrollo en múltiples áreas. Así ocurrió con los aztecas. Dos civilizaciones en el mismo continente que nunca tuvieron conocimiento la una de la otra.

En el centro, mayas y aztecas

Luego de conocer a los incas, ahora tenemos que desplazarnos un poco hacia el norte del continente. Sobre todo, a México. Los aztecas comenzaron siendo una tribu nómade, que deambulaba de un lugar a otro. Y fue en el valle de México, en el centro del actual país, donde eligieron asentarse y desde allí, expandirse.

Se calcula que hacia el año 1325 se concentraron en la ciudad de Tenochtitlán. Como otros Imperios, eligieron un centro donde residiría el poder, y que también sirvió de sede para las principales autoridades. Allí vivía el rey, llamado Tlatoani. Y también, como otros Imperios, su poderío creció a medida que fueron dominando a otras tribus.

Cuando Colón llegó al continente, ya eran el Imperio más fuerte de la región de Centroamérica. Se extendieron desde el centro de México hacia el sur de ese mismo país, hasta llegar al norte de la actual Guatemala. Si bien no tuvo la extensión del Imperio Inca, fue la otra gran civilización del continente americano.

No era recomendable andar cerca de los aztecas ni mucho menos estar enemistado con ellos. La forma de dominar a los otros pueblos fue por medio del sometimiento, luego de derrotarlos en intensas batallas. Por eso es que tuvieron muchos esclavos, en su mayoría prisioneros de guerra. La preparación militar fue la base de su poder, y siempre mantuvieron una actitud guerrera. Los niños estaban obligados a recibir educación militar desde los seis años. Al tiempo que aprendían a caminar, debían aprender a pelear.

Lo mismo que los incas, tuvieron la capacidad de conocer a la perfección su geografía y aprovecharla para la subsistencia. La base de su alimentación era el maíz. Aunque también cosechaban la calabaza, el ají, el cacao y el tomate. Y, aprovechando la cercanía con los mares, supieron ser grandes pescadores. Todos esos alimentos resultaron de gran interés para los españoles, cuando años después lograron conquistar y dominar a los aztecas.

También crearon un sistema numérico propio, un sistema vigesimal. Es decir, contaban de a veinte. Y además desarrollaron su propia escritura, por medio de jeroglíficos, es decir, las palabras se representaban por figuras o símbolos. Algo parecido al sistema que tuvieron, siglos atrás, los egipcios. Igual que los incas, inventaron un calendario con sus fechas y rituales.

Una sociedad tan bélica, obviamente, debía tener un dios de la guerra, que era Huitzilopochtli, una de sus principales deidades. Los aztecas eran politeístas, y sus dioses también estaban relacionados con la naturaleza. Otro de los más adorados fue Tezcaliploca, el dios maligno de la noche. Creían que esos dioses se habían ido y por eso, esperaban ansiosos su vuelta.

No se supo si alguno volvió, dando validez a sus creencias. Lo que es seguro es que, años después, llegaron unos extraños visitantes con peligrosas intenciones: los colonizadores españoles.

Y más abajo, los mayas

Los incas y aztecas no fueron los únicos pueblos que habían logrado tener un elevado conocimiento, antes de la llegada de los españoles: también estaban los mayas que, si bien, no tuvieron la extensión ni el poder militar de las civilizaciones que vimos anteriormente, dejaron un legado importantísimo en su zona de influencia. Por ejemplo, tuvieron un sistema de escritura que pocas culturas conocieron. Y se destacaron en muchos otros aspectos. Veamos un poco quiénes eran los mayas.

Sus primeras ciudades se concentraron en el norte de la actual Guatemala. Eso fue hace mucho pero mucho tiempo atrás. ¿Cuándo? Se calcula que se desarrollaron hacia el año 750 antes de Cristo. Todo cambió cuando los mayas se volvieron pueblos sedentarios, asentándose en lugares donde pudieron aprovechar la agricultura. Y fueron creciendo. En su momento de mayor apogeo, ocuparon Yucatán, en el sur de México, Guatemala en su totalidad, y partes de lo que son hoy Honduras y El Salvador.

También dejaron su huella con obras de arquitectura monumentales. Con un trabajo paciente y gracias al trabajo de muchos hombres, levantaron monumentos a sus dioses, terrazas que se prolongaban hacia el cielo, y palacios donde vivía la clase más poderosa.

Esas obras se concentraban en sus ciudades más importantes, como Palenque y Tikal. Todas ellas, son actualmente monumentos visitados por turistas de todo el mundo. Pasaron siglos y siglos y aún se mantienen en pie, con su belleza intacta.

Y además de su destreza como arquitectos, se deben destacar sus avances en la astronomía y en las matemáticas. Los mayas desarrollaron un sistema numérico muy parecido al de los aztecas, donde se contaba de a veinte y en el que apareció, por primera vez, el número cero. Un avance en las matemáticas que, en esa época, ni siquiera la cultura occidental había logrado.

Veamos ahora cuánto supieron de astronomía. Sin necesidad de telescopios ni grandes laboratorios, conocieron los movimientos del sol y la luna, descubrieron los planetas, bautizándolos con sus propios nombres. Y en base a esos movimientos, crearon su propio calendario, donde se incluían los ritos a sus dioses. Se trataba de un calendario muy avanzado y original.

¿Cómo lograron tanto conocimiento sin tecnología ni observatorios ni telescopios? Observando. Los nativos del continente tenían la capacidad de observar, horas, días y meses, para luego sacar conclusiones. Una forma de estudio en pleno vínculo con la naturaleza.

Y también, con la paciencia y la sabiduría de esos tiempos, los mayas elaboraron un sistema de escritura, basándose en jeroglíficos, logrando así un alfabeto propio. Ese sistema de escritura fue el más importante del continente antes de la llegada de los españoles. Y los conquistadores europeos se empeñaron en destruirlo.

Ese sistema de escritura les permitió redactar un libro de mitos y leyendas de los pueblos mayas. Se llamó *Popol Vuh*, y en esos relatos intentaron explicar los fenómenos naturales así como también el origen del mundo. Un libro que se pareció mucho a los mitos inventados por los griegos, aunque ambas culturas jamás se hayan conocido. El *Popol Vuh* aún se sigue leyendo como un libro de relatos fantásticos que sirve para conocer un poco más de esa cultura.

Había algo en que los mayas se diferenciaban claramente de los incas y de los aztecas: su organización política. Así, dividían su poder en diferentes ciudades, con un funcionamiento propio. Si bien tenían un rey como máxima autoridad, no se inmiscuía en todos los asuntos de su extenso poderío. Cada ciudad funcionaba con su propio gobierno, su propia autonomía. Y todas ellas tenían un líder, algo así como un cacique. Y ese cacique comunicaba al rey lo que ocurría en su región.

El rey, según las creencias de los mayas, descendía del dios maíz. ¿Del maíz? Así es, justamente porque el maíz era la base de la alimentación de esa región de América Central. Actualmente, el maíz sigue siendo la base de las comidas de la zona.

Y como otras civilizaciones, sus dioses eran muchos y todos relacionados con fenómenos naturales. Sin embargo, los mayas tenían un intermediario entre los dioses y el resto de la población. Eran los chamanes, quienes conservaban la capacidad de comunicarse con los dioses sobrenaturales. Y en muchos casos, además, sabían curar males físicos. El chamán era una persona muy respetada, sin poder político pero con virtudes sanadoras.

Cuando llegó Colón y sus tres carabelas, los mayas estaban en retroceso. Habían abandonado varias de sus ciudades y ocupaban unos pocos territorios de Guatemala. Los aztecas los habían desplazado y, por eso, debieron concentrarse en una región más reducida. Sin embargo, sus obras arquitectónicas, el *Popol Vuh*, sus investigaciones en astronomía y en matemáticas, la sabiduría de los chamanes, años después pudieron rescatarse. Y, por eso, sabemos hoy de la importancia de su civilización.

Y en el resto del continente, ¿quiénes vivían?

Hablamos de las culturas que tuvieron bajo su dominio grandes extensiones de territorio, las que dejaron huellas en buena parte del continente. Obras monumentales, investigaciones científicas, hábitos culturales. Hablamos de los aztecas, incas y mayas. Pero... ¿qué sucedía en el resto del continente antes de la llegada de los españoles?

Hubo de todo, grupos sedentarios, aclimatados a las diferentes regiones, hubo nómades que iban de aquí para allá buscando diferentes formas de subsistir. Hubo grupos de cazadores, correteando detrás de animales y pieles. También grupos de pescadores y de recolectores de frutos. La inmensidad del continente permitió la existencia de muchos grupos, diversos y distintos entre sí.

Comencemos a recorrer el continente desde arriba hacia abajo, es decir, de norte a sur. En el extremo norte del continente americano, había grupos de nativos que debieron acostumbrarse a las bajas temperaturas. Vivían en los llamados iglús, unas casitas de hielo redondeadas. Incluso aprendieron a navegar por los mares del Polo Ártico en canoas preparadas para temperaturas muy bajas. Se los conoció con el nombre de esquimales, o inuit según su propia lengua.

Algo más abajo, donde actualmente está Canadá, no hacía el frío de la zona del Ártico, pero seguía siendo una región de bajas temperaturas. Pero al menos contaban con una geografía más variada con bosques y ríos fáciles de navegar. Algunas de las tribus que vivieron allí fueron los algonquinos. También los mohicanos, que se extendieron hacia al norte del actual territorio de Estados Unidos.

El grupo más organizado de América del Norte fueron los iroqueses, con gobernadores y jefes divididos por regiones. Si bien no alcanzaron la magnitud de los Imperios inca y azteca, lograron ocupar un territorio importante. Se extendieron desde el sur de Canadá hasta el norte de Estados Unidos, siempre alrededor de los grandes ríos. Aún se conservan algunos elementos que pertenecieron a los iroqueses. Es la cultura del norte del continente que más se conoce.

Pero sigamos bajando. La zona de Centroamérica fue dominada, en diferentes momentos, por los mayas y luego por los aztecas. Sin embargo, hubo varios grupos que vivieron allí sin ser sojuzgados. Se trató de tribus chicas, nómades, cazadores o pescadores, que se trasladaban de isla en isla, viviendo un poco allá y otro poco acá.

Y dos grupos vivieron en las islas del Caribe, o fueron al menos los más conocidos: los tahínos y los caribes. Con ellos se topó Colón y sus tripulantes al pisar tierra firme. Fueron muy buenos pescadores y supieron convivir con las altas temperaturas de la zona y sus bellos mares. Los tahínos eran tribus pacíficas y desaparecieron al poco tiempo de la llegada de los españoles. Los caribes, en cambio, eran guerreros, caníbales y tal vez por eso lograron sobrevivir. Estos dos grupos fueron los únicos nativos de América que conoció Colón.

Gritos en la selva

Si continuamos recorriendo el continente nos encontramos con el Amazonas. Uno de los pulmones naturales del mundo, con el bosque tropical más grande del planeta, que se extiende por muchos países: Ecuador, Bolivia, Colombia, Venezuela, las tres Guyanas y, principalmente, por Perú y Brasil. Un auténtico Imperio de la naturaleza.

Dentro de esa selva, no sólo vivieron las más exóticas especies de aves y de animales, existe también una vegetación única en el mundo, ríos caudalosos y larguísimos. Y también hubo nativos. En su mayoría, se organizaban en grupos chicos, aislados entre sí, viviendo en aldeas o cerca de los ríos. Con tanta selva, se habían formado muchos grupos, tal es así que se calcula que en el Amazonas se hablaron alrededor de trescientas lenguas. Las llamadas lenguas amazónicas.

Estos grupos vivían aislados, ya que todo alrededor era vegetación exuberante y ríos. La forma más fácil de transitar por el interior de la selva era por los riachos y arroyos, todos afluentes del río Amazonas, en canoas pequeñas. Y muchos de esos grupos, gracias a esa capacidad de trasladarse, salieron de la selva amazónica para descubrir que afuera había otros mundos.

Chaqueños, mapuches y otros pueblos originarios

Pero sigamos bajando por el continente. Salimos ya del Amazonas y nos internamos en el calor del actual norte de Argentina. Allí hubo importantes pueblos que, incluso, tuvieron su propio idioma y una cultura muy desarrollada. Hablamos de los guaraníes, que ocuparon parte de Argentina, el sur de Brasil y la mayoría del actual territorio de Paraguay. Su lengua se sigue hablando en algunas regiones, tal es así que uno de los idiomas oficiales de Paraguay en la actualidad es el guaraní.

En esa región hubo otros tantos grupos nativos, como los diaguitas, los wichis, los mocovíes. Muchos de ellos lograron sobrevivir a la llegada del Imperio inca. Recordemos que hacia el siglo XV, ese Imperio llegó hasta el norte de Argentina, sometiendo a los pobladores que encontraron en su camino. Pero algunos de ellos lograron eludir a los incas y se mantuvieron libres. Por ejemplo, los mapuches. Otros, no tuvieron esa suerte.

Más abajo, estuvieron los grupos que se mantuvieron en el centro de la actual Argentina, acostumbrados a la llanura y a climas más bien áridos. Ellos fueron los pampas, los huarpes y varios más.

Pero los mejor organizados de esa región fueron los ranqueles, que en su momento de mayor desarrollo ocuparon una extensión importante del centro de lo que hoy es Argentina y parte de Chile. Hasta lograron organizar una nación propia, con sus propios códigos. Desarrollaron un poderío militar que fue muy conocido por sus vecinos. Tal es así que los ranqueles avanzaron y dominaron a otros pueblos originarios.

Otra vez, el frío

Y en este recorrido por nuestro continente llegamos finalmente al sur más sur del continente: la Patagonia. Y en la Patagonia volvemos a ver pieles y todo lo que se tenga a mano para abrigarse. Las bajas temperaturas eran la característica saliente de esa región. Lo mismo que sucedía en el Polo Ártico, donde vivían los esquimales. Por aquí, por el sur más sur, hubo tribus que han dejado huellas importantes, históricos habitantes de la zona. Una de ellas fueron los mapuches, también llamados araucanos por los españoles. Ocuparon el norte de la Patagonia, cerca de la cordillera, abarcando Chile y Argentina. Si bien no conformaron un Imperio, sometieron a muchos pueblos bajo sus costumbres y su propia lengua. Por eso, en la región patagónica aún se conservan palabras en mapuche. No era recomendable tener malas relaciones con ellos.

Y no hay que dejar de nombrar a los tehuelches, un pueblo que recorrió la región en busca de animales, como el guanaco y el ñandú, asentándose por tiempos cortos cerca de los ríos.

¿Y saben por qué la Patagonia se llama Patagonia? Justamente por los tehuelches. Cuando los españoles, mucho tiempo después de la llegada de Colón los conocieron, los describieron como hombres gigantes, de alturas exageradas. Y como también dijeron que tenían pies grandes, los llamaron patones, y de allí se derivó al nombre de patagones. Y de esa palabra proviene “Patagonia”.

Todavía más al sur, en la actual provincia argentina de Tierra del Fuego y sus alrededores, estaban los onas y los yámanas. Los onas vivían cubiertos de pieles de guanaco y eran nómades, como otros grupos más chicos de la región. Los yámanas eran pescadores y habitaban las islas de la zona.

Todas esas tribus, adaptadas a esas bajas temperaturas, vivieron durante siglos en la región. Como vimos, el continente, antes de la llegada de los españoles, estaba poblado por una gran variedad de pueblos nativos. Todos ellos, conocedores de su hábitat que aprendieron a aprovechar cada una de sus riquezas. Hubo Imperios y grupos nómades, los hubo pacíficos y guerreros. Los hubo también sedentarios y otros de los que casi no se supo nada. Cada rincón del continente tuvo su población, en climas cálidos, fríos, húmedos, áridos, subtropicales y tropicales. Son los pueblos originarios del continente.

CAPÍTULO V

EN BUSCA DEL ORO

Luego de más de dos meses de viaje, Colón y su tripulación pudieron pisar tierra firme. Para ellos, seguía siendo alguna costa no explorada de las Indias. Y por eso buscaron los productos perdidos y las riquezas tan ansiadas por las cortes europeas.

Pero ¿qué encontraron? ¿Encontrarían las riquezas que tanto ansiaban? ¿Quiénes los recibieron? Muchas sorpresas y hallazgos se llevó Colón de estas tierras. Veamos algunos.

Evangelizando al paso

Nosotros sabemos que esas tierras donde llegaron los tripulantes de la Pinta, la Niña y la Santa María eran parte del continente americano. Nuestro continente. Los españoles ya vimos que no.

Las carabelas llegaron a una isla del inmenso mar Caribe, que se llamaba Guanahani. A su alrededor, había otras tantas islas, todas ellas pertenecían al archipiélago de Las Bahamas, en el corazón de Centroamérica.

¿Y qué hizo Colón y su tripulación? De inmediato, al poner el pie en las nuevas tierras, clavaron una cruz y bautizaron a la isla con el nombre de San Salvador. Una costumbre de los españoles al llegar al nuevo continente: bautizar con nombres cristianos cada nueva región que encontraban.

"Luego que amaneció, vinieron a la playa muchos de estos hombres, todos mancebos, y todos de buena estatura, gente muy hermosa". Eso escribió el almirante en su diario, el mismo 12 de octubre de 1492, al tomar contacto con los primeros nativos. Según su descripción, no había hostilidad ni mucho menos seres monstruosos.

El primer contacto entre ambas culturas no tuvo ningún tipo de conflicto. Todo lo contrario. Los nativos, por su parte, asombrados ante los visitantes, se preguntaban de dónde venían. Según escribió Colón en su diario, los nativos creían que los españoles venían del cielo. Mientras exploraban el lugar, iban intercambiando objetos, miradas, saludos. Todo resultaba un cordial encuentro.

¿Y a qué pueblo pertenecían los nativos de esa isla? Según se pudo saber tiempo después, eran tahínos. Se trataba de un grupo que había deambulado por las islas del Caribe. A la llegada de los españoles, se habían asentado en la isla de Guanahani. Eran pocos, pacíficos y nómades.

Eso también notó Colón. "Ellos no traen armas ni las conocen, porque les mostré espadas y las tomaban por el filo y se cortaban con ignorancia". Era claro que se trataba de un pueblo con buenas intenciones. Y esa generosidad fue lo que lo sorprendió. Leamos cómo continúa el diario: "Traían ovillos de algodón hilado (...) y otras cositas que sería tedioso escribir, y todo daban por cualquier cosa que se les diese".

Ante tanta generosidad, los recién llegados vieron una posibilidad de obtener, más fácil de lo que pensaban, algunos de los objetos que buscaban. Colón advirtió, entonces, que el oro no estaba tan lejos y se dispuso a trabajar para obtener el metal tan preciado.

El oro, tan valioso en Europa.

Todo por el oro

Tanta cordialidad le cambió el ánimo a Colón y a su tripulación. Pocos días después de su llegada, salió de esa primera isla con una sola carabela, a explorar otras que estaban en las cercanías. Tenía una idea fija: conseguir oro. ¿A cambio de qué? A cambio de objetos que habían traído.

A bordo de la Pinta, llegaron a otra isla muy cercana que bautizó como Santa María de la Concepción. Allí se volvió a encontrar con nativos muy hospitalarios y curiosos. "Nos dejaron ir por la isla y nos daban lo que les pedía", escribió Colón el 15 de octubre 1492. Eso lo fascinaba, lo fascinaba y lo motivaba para continuar explorando. "Son estas islas muy verdes y fértiles y de aires muy dulces, y puede haber muchas cosas que yo no sé". Se refería al oro, siempre el oro.

Y así visitó varias islas cercanas. Uno y otro día, Colón escribía sus ansias de oro y riquezas. Hasta que al fin encontraron el tan ansiado metal. Fue el lunes 22 de octubre, en otra isla del Caribe habitada por nativos tan amables como los que ya había conocido. "Algunos de ellos traían algunos pedazos de oro colgados de la nariz, el cual de buena gana daban por un cascabel de estos de pie de gavilano y por cuentecillas de vidrio, mas es tan poco que no es nada". Había oro en las islas. Sólo quedaba extraerlo.

Continuaron la búsqueda con gran entusiasmo. Durante las siguientes semanas, fueron de una isla a otra, siempre dentro del archipiélago de las Bahamas. Arribaron a la actual Cuba, y luego a otra isla que bautizaron La Española. Actualmente, en La Española hay dos países: Haití y República Dominicana.

Faltaban unos días para terminar el año 1492 y Colón recibió el regalo más preciado de Navidad. El oro. ¿Su responsable? Uno de los caciques de la isla La Española, "el rey de aquella tierra", como escribió en su diario.

Precisamente, el miércoles 26 de diciembre, un día después de Nochebuena, agregó: "El rey se holgó mucho con ver al Almirante alegre, y entendió que deseaba mucho oro, y díjole por señas que él sabía cerca de allí adónde había de ello muy mucho en grande suma". Colón hablaba de sí mismo en tercera persona, de allí lo de El Almirante . Pero imaginen su sorpresa y felicidad. El cacique, o el rey tal como lo llamaban los españoles, les estaba informando, nada más y nada menos que había mucha cantidad de oro. El mejor regalo de Navidad que pudo haber tenido.

Pocos días después, los nativos llegaron hasta el campamento de los españoles con cargas y objetos del metal que les quitaba el sueño. Mucho oro a cambio de nada o casi nada. Oro y más oro iban cargando en las tres carabelas. Con una gran sonrisa, Colón sabía que llegaba el momento de regresar.

Y las bestias no aparecieron

Lo que nunca se encontró en esas islas fueron los seres monstruosos, los hombres con dos cabezas o de un solo ojo o de tamaños inconmensurables. Esos seres de los que tanto escuchó hablar, antes de salir de España. "Bestias en tierra no vi de ninguna manera, salvo papagayos y lagartos", escribió Colón, el martes 16 de octubre.

Llegaba el fin del año 1492 y comenzaron los preparativos para el regreso. Se revisaron las carabelas, se guardó con sumo cuidado el oro obtenido y se comenzó de a poco a reclutar a la tripulación.

Le quedaba una difícil tarea, elegir a los tripulantes que se quedarían en las islas. ¿Quiénes serían? ¿Y con qué motivos? Como su idea era regresar en breve a esas tierras, esos hombres debían conocer mejor el nuevo territorio y hurgar en busca de más riquezas. Primero desmalezó la zona y luego dispuso la construcción de un fuerte, que comenzó el 26 de diciembre, por lo que fue bautizado Fuerte Navidad. Allí se quedaron treinta y nueve hombres, armados y refugiados.

Las propiedades de Colón

Los españoles ya tenían oro, ya habían bautizado a las islas, ya habían recorrido buena parte del archipiélago y sabían, también, que existían otras tierras para seguir explorando, tierras que para ellos seguían perteneciendo al continente asiático. Había que regresar para dar esas noticias.

La tarde del 15 de enero de 1493, tres meses después de su llegada, las dos carabelas emprendieron el camino de regreso. Sólo volvieron la Pinta y la Niña. La Santa María había encallado en la isla, por lo que se desguazó y buena parte de ella fue utilizada para levantar el Fuerte Navidad.

En los dos barcos se acomodaron los tripulantes y, también, diez nativos que Colón se llevó como si fuesen de su propiedad. Tal vez, para mostrar, allá en Europa, cómo eran los habitantes de estas tierras.

El almirante ordenó el regreso por otra ruta, como para evitar nuevos problemas con el tiempo y las aguas. El viaje no tuvo demasiados sobresaltos, hasta la noche del jueves 16 de febrero. "Esta noche creció el viento y las olas eran espantables, contraria una de otra, que cruzaban y embarazaban el navío", escribió como siempre en su diario, esta vez dominado por el miedo. Las dos carabelas se vieron en peligro de naufragar por la temible tempestad. Y por eso debieron separarse, cada una tomando su propio rumbo. Nadie se olvidaría de esas dos noches y de un viaje que casi termina trágicamente.

La carta que nunca llegó

Fue entonces, luego de la tormenta, que Colón decidió anclar en las islas Azores, que pertenecían a Portugal. Días después recibió un mensaje inesperado. El rey de ese país lo invitaba a su residencia. El mismo rey que meses atrás había rechazado financiar sus viajes. ¿Qué haría Colón? ¿Tenía algo para decirle?

Así fue que visitó la corte portuguesa. El rey, enterado del éxito del viaje, se arrepintió de no haberle ayudado ni financiado la expedición. Tarde se había acordado. Colón, ahora, trabajaba para España. Y hacia allí partió, luego de ese encuentro.

Las dos carabelas regresaron a costas españolas el 15 de marzo de 1493. Nada sería igual para el almirante y su tripulación. Era un regreso con gloria, rodeado de reconocimientos y felicitaciones.

Obediente y trabajador como era, Martín Alonso Pinzón escribió varias cartas a autoridades, a nobles, a personalidades importantes del reino anunciando el descubrimiento... ¿pero el descubrimiento de qué? Jamás se habló de un nuevo continente y mucho menos de América. Se había llegado a las Indias por otra ruta.

El encuentro entre los reyes españoles y Colón fue en Barcelona el 15 de marzo. El genovés informó, con gran entusiasmo, que había llegado a costas asiáticas por una ruta nueva y que, en breve, podía retomarse el comercio con esa región.

En ese mismo encuentro, le devolvió al rey la carta al gran Kan que nunca llegó a destino. Pobre Colón, él pensando que no le había podido entregar la carta porque había llegado a la costa equivocada de Asia. Y en verdad, el gran Kan estaba del otro lado del mundo. Por eso fue que nunca pudo darle la carta al monarca del Imperio mongol.

CAPÍTULO VI

Colón, el regreso

Y mientras los reyes y otras destacadas personalidades le ofrecían premios y ofrendas, Colón, en silencio, tramaba su segundo viaje. El comerciante genovés estaba entusiasmado. Y ese segundo viaje no demoró demasiado.

Así fue que el 25 de septiembre de 1493, partió del puerto de Cádiz. Ahora todo era diferente, gracias el éxito conquistado. Ya no necesitó deambular por las cortes en busca de dinero ni tampoco reclutar a la fuerza hombres de las cárceles. Los voluntarios se le presentaban solos. Partió con mil quinientos hombres y diecisiete barcos.

Pero, además, el nuevo viaje tenía otra intención. La idea era evangelizar, es decir, convertir al catolicismo a los nativos encontrados en las islas descubiertas, una misión que contaba con el apoyo del papa Alejandro VI. Por eso, en una de las carabelas viajaron varios monjes franciscanos. Además, los reyes querían asegurarse el comercio y la extracción de riquezas de esas nuevas tierras, se sabía que Portugal tenía las mismas intenciones.

El 3 de noviembre de 1493, la expedición llegó a la isla Deseada, para luego recorrer otra cantidad de islas en las cercanías. Entre ellas, la que actualmente es Puerto Rico, la cual fue bautizada como San Juan Bautista. Las naves recorrieron el archipiélago del Caribe, un laberinto formado por islas pequeñas, muy cerca unas de otras. Y en cada una se repetía la costumbre de bautizarlas, siempre con nombres religiosos.

Finalmente, se llegó a La Española, para reencontrarse con los treinta y nueve hombres que habían quedado allí. En noviembre de 1493 pisaba nuevamente tierra conocida.

Pero del fuerte sólo encontraron los restos, ya que un incendio intencional lo había destruido. Y, a medida que iban acercándose al lugar, hallaban cuerpos de españoles colgados o ejecutados. No existió el reencuentro esperado. Los que se habían quedado en la isla estaban muertos. Los nativos se acercaron a los visitantes y acusaron a otra tribu de su muerte. Nunca se supo quiénes fueron los responsables.

El regreso de un viejo conocido

Este segundo viaje también fue distinto porque Colón decidió quedarse un largo tiempo, siempre con la intención de explorar y conocer mejor las nuevas tierras, además de evangelizar a los nativos y bautizar cada porción de tierra que encontraba en el camino.

Se decidió construir un nuevo fuerte para refugiarse de posibles ataques y se lo bautizó La Isabela, en honor a la reina Isabel. Y, de tanto en tanto, el almirante subía a una de las carabelas y continuaba recorriendo las islas de esa parte de Centroamérica. Así llegó a la actual Jamaica y navegó por las costas de Cuba.

Y un buen día, el 10 de marzo de 1496, decidió regresar a España, comandando la Niña, la misma carabela que había sobrevivido al primer viaje. Lo acompañó la India, el primer barco que se había construido en el continente americano. Colón ya conocía la ruta como la palma de su mano, y gracias a eso, en julio de ese mismo año arribó a España.

Informó a los reyes sobre una nueva región descubierta, Las Antillas, en lo que hoy conocemos como América central. Las futuras expediciones penetraron en el continente por esa zona. Y fue gracias a las exploraciones de Colón.

Buena parte de Europa ya conocía los nuevos hallazgos, incluso algunos países, en silencio, proyectaban sus propios viajes por esa ruta. Hubo algunos que ya pensaban que se trataba, justamente, de un nuevo continente y no de una costa de Asia.

El tercer viaje

Más allá de la importancia de sus hallazgos, el tercer viaje le costó más de lo esperado. Por un lado, la noticia de los treinta y nueve muertos recorrió España. No todos estaban dispuestos a asumir el riesgo de perder la vida.

Luego de dos años de preparativos, a fines de mayo de 1498 Colón emprendió la travesía. Cada vez más conocedor de esos mares, se animó a recorrer otras costas, más lejos de las islas que ya había visitado. Así, llegó hasta el norte de América del Sur, recorriendo la desembocadura del río Orinoco, en lo que es hoy el norte de Venezuela. Pero, seguía convencido de que se trataba de nuevas costas de Asia.

Luego regresó a la isla La Española. Pero, como la vez pasada, lo que encontró no fue lo esperado. Sus hombres lo recibieron con un sinfín de quejas. Lo acusaban de haberles mentido, ya que no encontraron la riqueza prometida. Y los nativos ya no se mostraban amables con ellos. Todos estaban enojados con Colón.

Fue así que decidió pedir ayuda y los reyes españoles enviaron a un tal Francisco de Bobadilla. Pero quien debía ayudarlo resultó casi un enemigo. Apenas pisó tierra, en agosto de 1500, detuvo al almirante y a sus dos hermanos, Bartolomé y Diego. Y no sólo los detuvo, sino que los mandó derechito a España. El hombre tan condecorado por la corte, aquel comerciante genovés del que tantos navegantes hablaban, regresaba a Europa encadenado como un delincuente o un desertor.

En octubre de 1500 arribó al puerto de Cádiz y, de inmediato, recuperó la libertad. Pero lo que había perdido era su prestigio. Ya no fue recibido con la gloria de los otros regresos y comenzó a deambular por España como un simple mercader o un anónimo navegante. Así fue que, en breve, volvió a Génova, su ciudad natal.

CAPÍTULO VII

El legado de Colón

La gloria y el prestigio acumulado por Colón, hacia 1500 parecían formar parte de un pasado remoto. Ya estaba de regreso en Génova, buscando la forma de financiar una nueva incursión a las tierras descubiertas. Sería la cuarta.

Mientras tanto, la corona española financió varios viajes a nuestra América con el objetivo de convertir al cristianismo a sus nativos y apropiarse de esas tierras.

De tanto insistir entre los comerciantes genoveses, Colón finalmente pudo conseguir dinero para financiar la expedición y en mayo de 1502 partió. Este viaje no tuvo la importancia de los primeros. La corona española ya lo había olvidado, y sus conclusiones casi que no eran escuchadas. De todas formas, recorrió parte de América Central, por las costas de los actuales Honduras, Nicaragua, Costa Rica y Panamá. Tiempo después llegó a la isla Pequeña Caimán, a la cual bautizó como Las Tortugas, por la cantidad de esos animales que vio en esas tierras. Seguía pensando que estaba recorriendo unas costas desconocidas de las Indias. Y por eso preguntó a los nativos por el Gran Kan, ya que aún conservaba la carta que debía entregarle. Obviamente, no tuvo suerte,

En enero de 1504 estaba nuevamente en tierras españolas, sin ser escuchado, reconocido apenas como un marinero más que se había animado a recorrer grandes distancias. Y así, en el olvido, al poco tiempo murió.

Vespucio, el americano más famoso

Los nuevos navegantes, desde 1499, continuaron las rutas trazadas por Colón, uno de los tantos legados que dejó el comerciante genovés. Uno de ellos fue Vicente Yañéz Pinzón, el capitán de la carabela La Niña en el primer viaje. En 1499 fue el primer europeo en llegar a la desembocadura del río Amazonas, al norte del actual Brasil. Y en 1508, llegó a la península de Yucatán, donde conoció a los mayas. Las nuevas incursiones de Pinzón aportaron mayor conocimiento sobre el continente.

Pero hubo otros viajes en ese período. En el año 1499, otro barco partió desde España para recorrer las nuevas tierras para llegar a la actual Venezuela. En ese barco viajaba un comerciante de Florencia, un estudioso de la Geografía y la Astronomía, un tal Américo Vespucio.

Vespucio había llegado a Sevilla alrededor de 1492, un puerto clave para el comercio de España, para establecer negocios en esa ciudad. De joven ya sabía de negocios y de puertos, así como también de Astronomía y Geografía. Lo que no sabía era que, al llegar a Sevilla, conocería a Colón y aprendería mucho de cada uno de sus viajes.

Tiempo después, ya asentado en esa ciudad, la corona española lo incluyó en sus expediciones para explorar las nuevas tierras, debido a sus amplios conocimientos y erudición. No tardó en concluir que esas nuevas tierras, que para algunos seguían perteneciendo a la costa asiática, se trataban de un continente que Europa no conocía. Un nuevo continente. Hizo pública esas conclusiones en su texto *Mundus Novus*, en el año 1503.

¿Y de quién fue la idea de que América se llame así por don Américo? Hacia 1507, un cartógrafo alemán se dispuso a diseñar un nuevo mapa del mundo, tomando en cuenta los viajes de Colón y de los que vinieron después. Este alemán, de nombre Martín Waldseemüller, en su noble tarea de dar a conocer una idea más certera del mundo, en su mapa incluyó las tierras encontradas como parte de un continente nuevo.

Claro que el nuevo continente debería tener un nombre. Un nuevo nombre. Y en homenaje a los viajes de Américo Vespucio y a sus conclusiones, el alemán propuso que esas nuevas tierras llevaran el nombre de pila de Vespucio: Américo, pero convertido a femenino: América.

Nuestro continente se llama América por ese inquieto viajero, que un buen día llegó a Sevilla para conocer a Colón y sus aventuras.

Una biografía para no olvidar

El 20 de mayo de 1506, en la ciudad española de Valladolid, murió Cristóbal Colón. El comerciante genovés que abrió las rutas para recorrer y explorar el nuevo continente, que permitió confirmar que la tierra era redonda, moría sin reconocimiento, casi en el olvido.

Los reyes españoles lo habían marginado, a pesar de que, como ya vimos, estaban financiando nuevos viajes a América. Incluso, buscaron de varias maneras sepultar el nombre de Colón, dejando de lado la importancia de sus travesías.

Y entonces... ¿cómo fue que lo quisieron borrar de la historia? Por un lado, cambiaron todos los nombres de las islas que Colón había bautizado. Absolutamente todos los nombres. Por el otro, los títulos concedidos a Don Cristóbal se los dieron a Vicente Pinzón, en un intento de reemplazar su lugar en la historia.

Pero la historia, muchas veces, es más sabía que sus protagonistas y con el tiempo esas intenciones fracasaron. Su nombre fue rescatado gracias a los textos de la época que lo citaban como el gran responsable de las rutas al nuevo continente. La definitiva conquista de América utilizó las rutas seguidas por el genovés , y muchos fueron los que lo reconocieron.

También colaboró la biografía que redactó su hijo, Hernando Colón. Con apenas 14 años, Hernando acompañó a su padre en su cuarto viaje. Durante años se dedicó a escribir la *Historia del almirante don Cristóbal Colón*. El libro fue editado recién en 1571, cuando ya había muerto el propio Hernando, pero fue muy leído por lo historiadores.

Pero ni su hijo ni sus defensores pudieron hacer mucho para que Cristóbal Colón muriera de una manera más digna, teniendo en cuenta todo lo que había hecho para la corona española. El almirante murió creyendo que había llegado a las Indias y, por eso, a los nativos de nuestro continente se los llamó indios. Murió añorando un encuentro con el monarca del Imperio mongol, el gran Kan. ¡Y murió en el olvido!

Los años posteriores, los siglos posteriores, lo reconocieron como el primer europeo que llegó al continente americano. El mismo que trazó las rutas que otros utilizarían en el resto de los viajes para conquistar y explotar al continente americano. Por eso, su nombre recorre cada uno de los países de América como una figura fundamental para el encuentro entre dos culturas.

Tiempo después, llegó la conquista y la posesión de los españoles de una buena parte del continente americano. Esa conquista adoptó formas violentas y ambiciosas contra los pueblos del continente. Todo lo que vino después fue gracias a los primeros viajes de aquel comerciante que un día salió de su Génova natal con rumbo incierto, y que llegó a nuestro continente, pensando hasta su muerte que se trataba de unas costas desconocidas de las Indias.

Índice

OTROS TÍTULOS DE ESTA COLECCIÓN

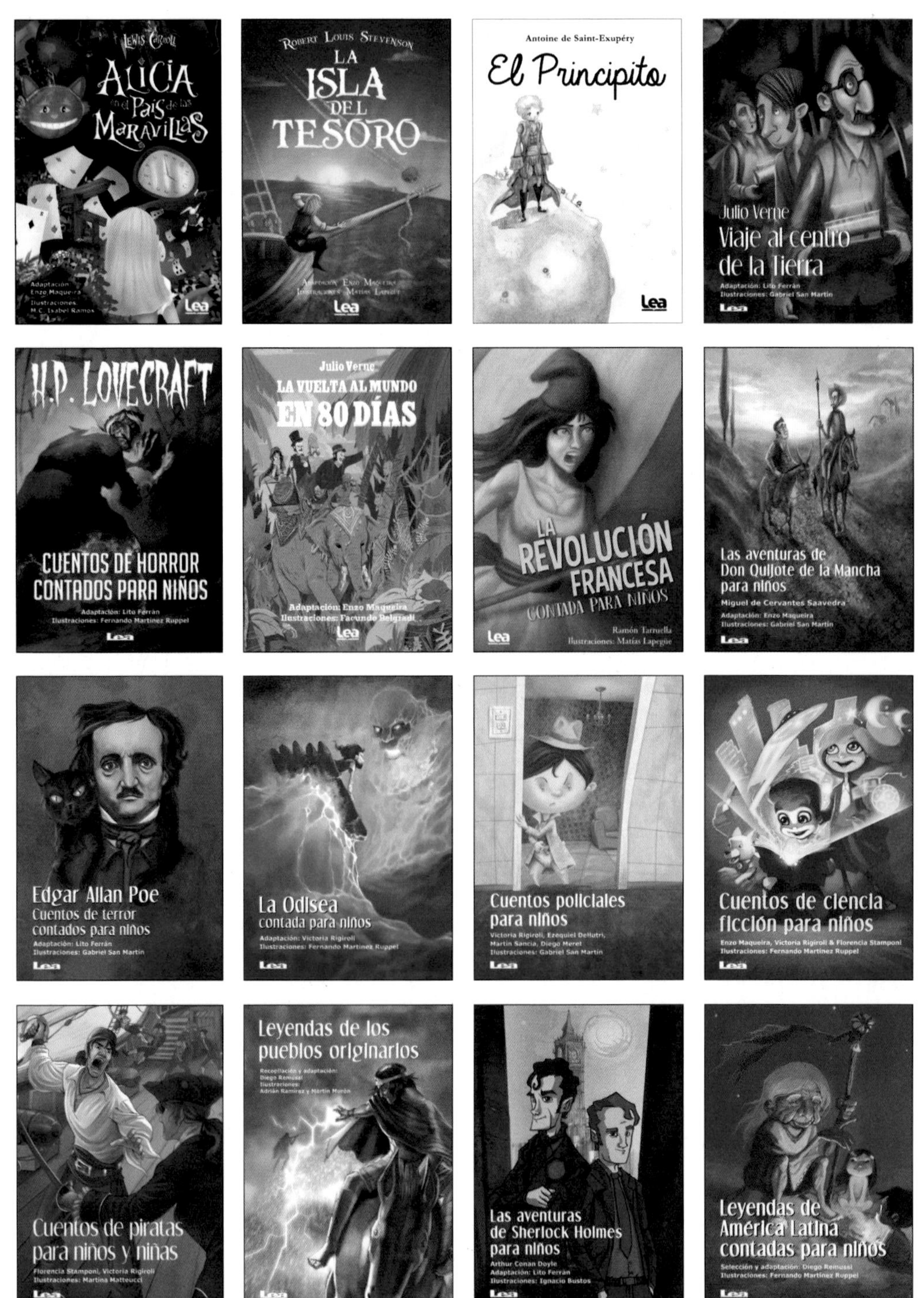

www.edicioneslea.com